Vigo Vampier
Een bloeddorstige meester

Mirjam Mous

Vigo Vampier

Een bloeddorstige meester

Met tekeningen van
Marja Meijer

Van Holkema & Warendorf

In deze serie is eerder verschenen:
Een bloedlink partijtje

STICHTING NEDERLANDSE
KINDERJURY
2003

AVI-niveau: 8
ISBN: 90 269 9546 6

© 2002 Uitgeverij Van Holkema & Warendorf,
Unieboek BV, Postbus 97, 3990 DB Houten
www.unieboek.nl

Tekst: Mirjam Mous
Tekeningen: Marja Meijer
Vormgeving: Petra Gerritsen

Inhoud

Het ongeluk

Taa-tuu-taa-tuu! klinkt het keihard in de bosrijke omgeving van de Drakensteinschool.
Vigo Vampier drukt zijn neus tegen de ruit van het bijtbusje. Een ziekenauto met blauw zwaailicht en gillende sirene scheurt voorbij.
'O, jee,' zegt Gerda Gruwelijk. Ze zit naast Vigo en frunnikt aan haar cape. 'Er is vast een ongeluk gebeurd.'
'Net als toen met meester Slagtand.' Bert Bloeikens draait zich om en leunt over de rugleuning van de bank. 'Weten jullie nog dat hij werd aangereden? Overal bloed.'
Achter in de bus maakt een achtstegroeper smakgeluidjes. Meteen krijgt Vigo het bloedheet. Hij probeert aan konijntjes te denken. Heel gezonde, rondhuppelende konijntjes. Want ook al is Vigo Vampier, hij gruwelt van bloed.
'Misschien is er een bijtbusje op een boom gebotst,' zegt Gerda Gruwelijk.
Vigo vergeet de konijntjes en zucht. Gerda ook altijd met haar enge verhalen. Zijn beste vriendin Lin gaat met een andere bus naar school. Hij moet er niet aan denken dat ze gewond is geraakt.
Was hij maar net zo flink als zijn grote broer Lars. Die maakt zich nooit ergens druk om. Sinds zijn grote vampiertanden zijn doorgekomen, is hij stoerder dan ooit. Moet je hem daar onderuitgezakt op de bank zien zitten.

Helemaal verdiept in een stripboek over buitenaardse bijt-wezens.

'Mijn tante is een keer tegen een kapotte lantaarnpaal aan gevlogen,' vertelt Bert Bloeikens. 'De tanden door haar lip, en bloeden... als een rund!'

Snel stopt Vigo zijn wijsvingers in zijn oren. Waren ze maar vast op Drakenstein...

Gelukkig, daar is de T-splitsing al. Chauffeur Vladje stopt om een bijtbus van rechts te laten voorgaan. *Firma Vam-voer* staat er op de zijkant geschilderd.

Vigo laat meteen de vingers uit zijn oren ploppen. 'Is dat Lins busje niet?' vraagt hij gespannen. Die rottige bijtbus-ramen ook. Je kunt er wel door naar buiten kijken, maar niet naar binnen.

Gerda haalt haar schouders op. 'Er zijn wel tien van zulke busjes.'

'Schijt,' zegt Vigo.

'Zeg!' Vladje kijkt pissig in zijn achteruitkijkspiegel. 'Nog zo'n lelijk woord en ik bijt je tong eraf.'

Vigo hoort het amper. Vladje is een ongevaarlijke mop-perkont. Hij heeft een grote mond, maar waardeloze tan-den. Als hij in een pak watten bijt, sneuvelt zijn kunstgebit al.

'Ja, ja,' sust Vigo en hij duwt zijn neus weer tegen het glas.

Nog geen vijf minuten later stopt het bijtbusje voor de Drakensteinschool. Vigo en Gerda stappen als eersten uit. Op het door straatlantaarns verlichte schoolplein krioelt het van de vampierkinderen.

'Lin!' brult Vigo blij als er een roze bliksemschicht op hem af komt rennen. Zijn vriendin is nog heel en haar knalro-ze haren staan als altijd mooi rechtop.

'Gaan jullie mee?' vraagt ze aan Vigo en Gerda. 'Ik moet Pijlstaartje nog voeren.'

Pijlstaartje is de schooldraak van Drakenstein. Eerst was hij van Lin, maar draken zijn niet geschikt als huisdieren. Zeker niet als je in het souterrain van een driesterrenhotel woont. Daarom heeft Lin hem aan de school cadeau gedaan.

In de omheinde schooltuin is lekker veel plaats om te rollebollen voor Pijlstaartje. Hij heeft een krabpaal, een knaagstaak en een balletje dat piept als je erin bijt. Lin verzorgt het ondeugende draakje elke dag, meestal met de hulp van Vigo en Gerda.

Pijlstaartje kwispelt als hij hen ziet aankomen. Ploef! Ploef! Vlammetjes ploffen uit zijn neus.

'Heb jij ook die ziekenwagen door het bos zien scheuren?' vraagt Vigo aan Lin. Hij doet de poort goed achter zich dicht. Als Pijlstaartje de kans krijgt, gaat hij ervandoor.

'Ziekenwagen?' Lin loopt het drakenhok in. Ze schept drakenbrokken in een emmer en zet hem buiten. 'Nu je het zegt. Ik heb wel een sirene gehoord.'

'Ik vraag me af wie erin lag.' Gerda spuit met de tuinslang een paar drakendrollen weg. 'Wordt er toevallig geen bijtbusje vermist?'

Lin schudt haar hoofd. Peinzend kijkt ze naar Pijlstaartje, die de emmer leegschrokt. 'Hebben jullie Floris al gezien?'

Floris zit in groep zeven en woont in de buurt van de Drakensteinschool. Daarom komt hij altijd vliegend.

'Nee, hoezo?' vraagt Gerda.

'Hij heeft zijn zweefcape opgevoerd,' zegt Lin. 'Ik geloof dat hij wel zestig kilometer per uur kan.'

'Denk je dat hij uit de bocht is gevlogen?' Gerda spuit van

schrik haar schoenen nat.

'Nee, hoor,' zegt Vigo rustig. 'Daar komt hij net aan.'

Ze kijken alledrie hoe Floris achtjes in de lucht draait. Hij zet zijn handen als een toeter aan zijn mond. 'Hebben jullie het al gehoord?' roept hij. 'Juf Vleerkens heeft een ongeluk gehad. Ze ligt in het ziekenhuis.'

Verboden woord

Het schoollokaal van groep vijf lijkt vandaag wel een kippenhok. Alle kinderen praten opgewonden door elkaar. Ze hebben gehoord dat er iets met juf Vleerkens is. Maar niemand weet precies wát.

'Is ze aangereden?' vraagt Floortje, de kleinste vampier van de klas.

'Ze moet in elk geval aan het infuus.' Bert Bloeikens laat zijn stoel op twee poten balanceren. 'Floris zegt dat ze bijna is leeggebloed.'

Net als Vigo zeker weet dat hij gaat flauwvallen, komt de directeur van de Drakensteinschool binnen. Hij schraapt zijn keel en wacht tot het stil is. 'Ik moet jullie iets vertellen.'

'Ligt de juf echt in het ziekenhuis?' vraagt Lin met een klein stemmetje.

De directeur knikt. 'Ze lijdt aan acute bloedarmoede. Tijdens het vliegen werd ze plotseling duizelig. Ze kon nog net een noodlanding maken.'

'Is ze ernstig gewond?' piept Vigo. 'Die ziekenauto reed loeihard.'

'Alleen een paar builen en schrammen,' zegt de directeur geruststellend. 'Maar ze heeft dringend mensenbloed nodig. Daarom hebben ze haar zo snel mogelijk naar het MCO gebracht.'

Ssssst! denkt Vigo. Nog een keer het woordje bloed en ze kunnen hem ook naar het MCO brengen. Hij kent het Medisch Centrum Ondergronds wel. Het is een ziekenhuis voor vampiers, al lijkt het gebouw meer op een ondergrondse parkeergarage. Het bevindt zich in de onderaardse gewelven van een mensenziekenhuis, zodat de vampierartsen gemakkelijk mensenbloed kunnen aftappen. Toen mama baby Nina kreeg, heeft ze een paar dagen in het MCO gelegen. Vigo mocht samen met papa bij hen op bezoek.

'Wanneer komt juf Vleerkens weer op school?' vraagt Floortje.
'Ze moet eerst goed op krachten komen. Ik heb haar aangeraden een paar weken bijtankverlof te nemen,' zegt de directeur. 'Jullie krijgen zolang een invaller.'

'Net nu het bijna sportnacht is.' Bert Bloeikens slaat met zijn vlakke hand op tafel. 'Zonder juf Vleerkens winnen we nooit.'

'Wie weet hoe sportief meester Bram is.' De directeur kijkt op zijn horloge. 'Hij kan elk moment hier zijn.'

Ai. Een meester. Vigo hoopt niet dat hij net zo streng is als de meester van Lars. Die laat je voor straf gerust een uur in de hoek zweven.

'Meneer Rood.' De secretaresse steekt haar hoofd om het hoekje van de deur. 'Er is telefoon voor u.'

De directeur denkt even na en zegt dan: 'Ik stel voor dat jullie rustig naar het schoolplein gaan en daar op meester Bram wachten. Dan hebben de andere klassen er geen last van als ik jullie eventjes alleen laat.'

Opgetogen loopt Vigo naar buiten. Het komt allemaal goed met juf Vleerkens en in plaats van een les taal mogen ze buiten spelen!

'Wie doet er mee vleermuistikkertje?' vraagt Lin Suikerspin. 'Dan ben ik hem.'

Algauw holt iedereen over de speelplaats. Omdat niemand behoorlijk kan vliegen, zijn veel kinderen snel af.

'Tikkie!' roept Lin als ze Vigo te pakken heeft.

'Stil eens,' zegt Vigo.

Vroem! Vroem!

'Daar. Op het bospad.' Vigo wijst naar een bibberend lichtje.

'Zou dat de nieuwe meester zijn?' vraagt Gerda.

Niemand denkt nog aan tikkertje. Met open mond kijken ze naar het grommende gevaarte dat snel dichterbij komt. Vroem! Vroem! Het lichtje blijkt de koplamp van een motor met zijspan te zijn. Er zit een man op in zwarte kleren. Een grote cape wappert achter hem aan.

'Wow!' zegt Lin.

De man rijdt het plein op, naar de hoofdingang van het schoolgebouw. Hij zet de motor uit en stapt af. Dan trekt hij de zwarte valhelm van zijn hoofd. 'Goedenavond.' Zijn stem klinkt zwaar. 'Ik ben Bram Tandenstoker en ik kom hier lesgeven.'

'Wow,' zegt Lin weer, maar nu zachtjes. 'Net een filmster.'

Vigo gaapt de invaller aan. De man heeft een spookachtig wit gezicht en zijn enorme, glimmende hoektanden komen bijna tot aan zijn kin. Het is of hij nog steeds een helm opheeft; zo strak liggen zijn zwarte haren op zijn hoofd. Bram Tandenstoker is groot, breed en stoer.

'Gave motor, meester.' Bert Bloeikens tikt op het zijspan. 'Ik zou best eens een ritje willen maken.'

'Leer eerst maar vliegen,' zegt Floortje plagerig. Dan kijkt ze nieuwsgierig naar de meester. 'Waarom bent u eigenlijk niet vliegend?'

'Eh.' De witte wangen van meester Bram krijgen een lichtroze kleur. 'Mijn zweefcape is stuk. Hij ligt bij de kleermaker.'

'En die dan?' Lin wijst naar de zwarte cape om zijn schouders.

'Die mocht ik zolang van de kleermaker lenen, tegen de kou. Hij had de cape in de etalage van zijn winkel hangen. Het is een showmodel, zonder vampierkracht.' De bovenlip van meester Bram trilt lichtjes. 'En nu weten jullie genoeg. Einde kruisverhoor.'

KRUISverhoor. Eventjes kun je een speld horen vallen. Vigo staart meester Bram aan. Een meester die vloekt, dat heeft hij nog nooit meegemaakt. Lars heeft ooit 'KRUIS-kopschroevendraaier' gezegd in de handvaardigheidles en moest een week lang het plein vegen. Vampiers zijn als de

dood voor kruizen. Als een vampier een kruis op zijn voorhoofd krijgt, smelten zijn hersens weg.
'Het verboden woord,' fluistert Bert onder de indruk.
Meester Bram lijkt niets in de gaten te hebben. Hij klemt
zijn helm onder zijn arm en loopt naar de deur. 'Wie kan
me de klas wijzen?'
'Ik!' roepen twintig monden.
'Wat een toffe leraar,' fluistert Lin als ze achter hem aan-
lopen.
'Nou.' Gerda maakt een huppeltje. 'Ruig.'
Vigo weet het nog zo net niet. Hij heeft een raar gevoel in
zijn buik. Er is iets vreemds met deze meester. Waarom
komt hij met de motor naar school? Hij had zich toch ook
in een vleermuis kunnen veranderen? Vleermuizen hebben geen zweefcape nodig. Die hebben genoeg vleer van
zichzelf.

Vleermuizenissen

Meester Bram tikt op de wereldkaart. 'Daar ligt Transsylvanië.' Hij laat de aanwijsstok naar het oosten glijden. 'En hier zijn de Karpaten, waar het kasteel van prins Vlad in 1377 werd gebouwd.'

Dan gaat de bel. De geschiedenisles is voorbij. Vigo zucht. Even was hij alles om zich heen vergeten. Wat kan meester Bram vertellen! Zo spannend, dat je er kippenvel van krijgt. Hij had geen schoolmeester moeten worden, maar schrijver. Dat lijkt Vigo het mooiste beroep dat er bestaat. Thuis heeft hij een geheim dagboek waarin hij vast oefent. Hij bewaart het in zijn kist, onder zijn kussen.

'Maandag is het sportnacht,' zegt de meester als hij de kaart heeft opgerold. 'Vergeet niet om een handdoek en gymkleren mee te nemen.'

'Bent u goed in sport?' vraagt Lin. 'Onze juf is een kei. Ze heeft de vliegwedstrijd tussen leraren en leerlingen al zeven keer gewonnen.'

'Ja.' Gerda zucht. 'Jammer dat ze deze keer niet mee kan doen.'

'Meester Bram kan toch voor haar invallen?' zegt Vigo.

'Eh,' zegt de meester. 'Ik denk niet dat mijn cape al zo gauw klaar is.'

Smoesjes, denkt Vigo.

'Waarom leent u geen cape van iemand anders?' vraagt Lin.

Meester Bram tikt met zijn lange nagels op het bureau. 'Ik vlieg liever met eigen gereedschap. Maar als die wedstrijd zo belangrijk is, wil ik best op mijn motor meedoen.'

'Ja!' roept Bert Bloeikens enthousiast. 'Dan ga ik in het zij-span.'

De meester schudt zijn hoofd. 'Motorracen is geen kin-derspel. Eén ongeluk is meer dan genoeg.'

'Nou!' Lin rilt. 'Die arme juf. Konden we maar iets voor haar doen.'

Floortje steekt haar vinger op. 'We kunnen haar een kaart sturen.'

'Goed idee.' Meester Bram kijkt op het lesrooster. 'Straks, onder de tekenles, maken we allemaal een kaart voor juf Vleerkens.'

In de pauze zijn de jongens niet bij de motor met zijspan weg te slaan. Zelfs Lars komt erbij staan. Vigo is stomver-baasd. Normaal gesproken bemoeit zijn broer zich niet met vijfdegroepers.

'Weet jij hoe hard hij kan?' Lars kijkt naar de motor alsof het een bloedmooi meisje is. Hij lijkt wel verliefd, denkt Vigo en hij grinnikt. 'Weet ik veel. We hebben geschiede-nis gehad. Geen verkeersles.'

Lars aait de benzinetank. 'Hij is vast opgevoerd. Net als de zweefcape van Floris.'

'Vergeleken met onze meester is Floris een slak,' zegt Lin. Floris port in haar zij. 'Stomme trien, jij kúnt niet eens vliegen.'

Lin laat zich niet op de kist jagen. 'En jij kunt niet tegen je verlies. Onze meester doet ook met de vliegwedstrijd mee, maar dan op zijn motor. We zullen eens zien wie er straks bij de finish staat te janken.'

'Ikke niet.' Floris geeft haar een zetje. 'Wedden?' Dan
draait hij zich om en fluistert Lars iets in zijn oor.

Vigo kijkt het groepje rond. Zelfs als meester Bram er niet
is, praat iedereen over hem. Heeft dan niemand in de
gaten dat er iets niet klopt? Of ziet hij zelf spoken? Anders
vertelt hij altijd alles aan Lin, maar zij vindt de meester
zóóó leuk.

Vigo krabt in zijn stekeltjeshaar. Was juf Vleerkens maar
hier. Ze zegt altijd dat er geen domme vragen bestaan,
alleen domme antwoorden. Haar zou hij wel om hulp willen vragen. Wat jammer dat hij haar adres of telefoonnummer niet heeft...

Meteen kan hij zich wel voor zijn hoofd slaan. Wat een
sufferd is hij toch. Ze ligt in het MCO! En de klas gaat

kaarten voor haar maken. Hij moet gauw een tekst verzinnen, voordat de tekenles begint.

Na de les mag iedereen zijn kaart in een grote envelop
stoppen. Meester Bram plakt hem dicht en vraagt: 'Wie
brengt het pakketje naar de secretaresse?'
Vigo steekt zijn vinger op. Hij wil met eigen ogen zien dat
de kaarten worden verstuurd. Op de zijne heeft hij een
boodschap voor de juf gezet:
Lieve juf,
*Word alsjeblieft gauw beter, want onze klas is in nood. Dat
komt door de nieuwe meester. Ik denk dat hij gevaarlijk is.*
Daaronder heeft Vigo zijn naam en adres geschreven.

Het schoolkantoor is piepklein en propvol. De secretaresse zit aan haar bureau, achter de computer.
'Meester Bram vraagt of u dit met de luchtpost wilt mee-
geven,' zegt Vigo.
De secretaresse staart dromerig naar de envelop. 'Jullie
boffen maar met zo'n meester. Hij lijkt precies op... hoe
heet hij ook alweer, die filmster?'
'Er is haast bij,' zegt Vigo.
De secretaresse knoopt een touw om de dikke envelop.
Daarna wurmt ze zich tussen twee ladekisten door naar
een hoekkast. In de donkere kast hangen de vleermuizen
die voor de post zorgen. Ze kiest een stevige knaap uit en
plukt hem van het plafond. Dan bindt ze het uiteinde van
het touw om zijn haakklauwen. Ze schuift het raam open
en werpt de vleermuis in de lucht.
'Doei!' roept ze hem na.

Sportnacht

Het schoolplein is met linten afgezet. Op de tegels hebben de meesters en juffen met schoolkrijt een parkoers getekend. Daar vindt aan het einde van de sportnacht de vliegwedstrijd plaats.

De jongste kinderen doen spelletjes in het bos. Spinhappen en tomaten gooien. Kleuterwerk, vindt Vigo. Voor de bovenbouw is de sportnacht een soort examen. Ze moeten de bloedproef doorstaan en kegelen met doodskoppen. Zelfs Lars was vanavond een beetje zenuwachtig.

Vigo is blij dat hij in de middenbouw zit. In de gymzaal gaat groep vijf het opnemen tegen groep zes. Maar eerst haalt hij met Lin en Gerda Pijlstaartje op. Het draakje is de mascotte van hun klas.

'En gedraag je,' waarschuwt Lin, terwijl ze hem zijn drakenriem omdoet.

Pijlstaartje kwispelt. Het gebeurt niet iedere nacht dat hij mee op stap mag. Hij ruikt aan elk polletje gras dat hij tegenkomt en in de kleedkamers van de gymzaal snuffelt hij aan alle schoenen.

Meester Bram staat al in trainingspak bij de wedstrijdkisten. Hij spert zijn ogen open als hij Pijlstaartje ziet. 'Wawa...'

Hij is bang, denkt Vigo verbaasd. En dat voor zo'n stoere meester.

'Dit is Pijlstaartje,' zegt Lin. 'Onze geluksdraak.'
'Maak zijn riem maar aan het klimrek vast.' Meester Bram
doet een stapje achteruit. 'Met een dubbele knoop.'
Groep zes heeft een vleesetende plant als mascotte. Hun
juf Mara voert hem af en toe een vette bromvlieg, terwijl
de leerlingen door de zaal rennen om op te warmen.
Dan snerpt er een fluitje.
'Op jullie plaatsen,' zegt meester Bram.
'We maken gehakt van ze,' fluistert Lin als ze achter Vigo

in de bodemloze kist gaat staan. Er sluiten nog een paar andere kinderen aan tot er niemand meer bij kan. Het kistlopen kan beginnen.

'Klaar, af!' roept de meester.

Daar gaan ze. Gerda staat aan de kant en springt opgewonden op en neer.

'Kom op, Vigo!' gilt ze als de kist van groep zes een metertje voorsprong heeft. 'Laat je niet kisten!'

Vigo loopt zo hard hij kan, maar Lin trapt hem steeds op de hielen. En dan begint groep zes ook nog hun yell door de zaal te roepen: 'Groep zes is supergoed! Dat zit ons in het BLOED.'

Vigo slikt en slikt.

'Bloedgoed! Bloedgoed!' zingen een paar jongens met een spandoek. Er staat een grote zes op, versierd met rode vlekken. Bloedvlekken?

Vigo denkt aan pannenkoeken, aan ijsjes, aan roze suikerspinnen. Het helpt geen zier. De vloer kantelt, de kist kantelt en Vigo kantelt. En alle kinderen achter hem kantelen mee.

Bam! Daar ligt het team van groep vijf, terwijl de kist met groep zes juichend over de finish gaat.

'Sorry,' zegt Vigo zachtjes. 'Ik werd een beetje misselijk.'

Kunst- en vliegwerk

'Olé, olé!' Groep zes danst met de vleesetende plant door de gymzaal. Op de schouders van juf Mara zit een meisje, dat een glimmende beker in de lucht houdt. 'We hebben gewonnen!'

Pijlstaartje wordt zenuwachtig van al dat lawaai. Uit zijn neusgaten kringelt rook.

'We kunnen hem beter naar de schooltuin verhuizen,' zegt Lin. 'Voordat hij vuur begint te spuwen.'

'Mij best.' Bert Bloeikens kijkt chagrijnig. 'Hij brengt toch geen geluk.'

Vigo laat zijn hoofd hangen. Het is zijn schuld dat ze verloren hebben. Met capezwaaien en muurkruipen ging het gelijk op, maar omdat hij toen viel met kistlopen...

'Kop op,' zegt Lin. 'We hebben de vliegwedstrijd nog. Wedden dat meester Bram wint?' Ze maakt Pijlstaartje los, die meteen tegen juf Mara opspringt en haar een lik in haar gezicht geeft.

'Jasses!' De juf veegt haar gezicht schoon. 'Breng die rookbom weg.'

Vigo grinnikt achter zijn hand. Hij houdt samen met Lin de riem vast. Pijlstaartje heeft honger gekregen en loert voortdurend naar broodtrommels en lunchpakketjes.

'Die zijn niet voor jou,' zegt Lin streng. 'Jij krijgt drakenbrokken.'

Onderweg naar de schooltuin zien ze de meester van Lars tussen de struiken scharrelen.

'Hij probeert zeker een bosmuis te vangen om jeweetwel af te tappen,' zegt Lin.

Vigo rilt. Gelukkig kunnen jonge vampiers van tomatensap leven. Pas als hij volwassen is, moet hij...

Brrrr. Niet aan denken.

Iedereen heeft gegeten en gedronken. Iedereen is naar de wc geweest. Iedereen staat bij het schoolplein op banken, kistjes of andermans schouders om vooral niets te missen. Floortje is zelfs in een hoge boom geklommen.

Achter de startlijn staan de vliegkunstenaars van de school: de directeur, de meester van Lars en twee juffen van de onderbouw. Van de vijf leerlingen is Floris de grootste kanshebber.

'Zijn broer van achttien heeft een soort computertje in de cape ingebouwd,' heeft Lars thuis aan Vigo verteld. 'Nu houdt niemand Floris nog bij.'

Meester Bram is de enige die niet staat. Hij zit op zijn motor en draait telkens aan de gashendel om het monster woest te laten ronken. Wroe-wroehhhh!

Juf Mara steekt een rode vlag in de lucht. 'Iedereen klaar?' Ze zwijgt even en roept dan: 'Af!'

Zodra haar arm beneden is, stijgen de vliegers op en schiet de motor vooruit.

De toeschouwers kijken met ingehouden adem naar de lucht. Je kunt de capes horen suizen.

Een van de juffen loopt kleerscheuren op en moet al na het tweede rondje opgeven.

In de derde ronde vliegt er een leerling uit de bocht. De directeur kijkt hem na. Te laat kijkt hij weer voor zich en met een knal belandt hij in een boomkruin. Dit tot grote schrik van Floortje.

Meester Bram rijdt maar door. Soms wipt het wiel van het zijspan even van de grond, als hij in de bochten te veel naar links hangt.

'Hij haalt iedereen in,' zegt Lin enthousiast.

'Behalve Floris.' Vigo durft haast niet te kijken, zo hard gaat Floris door de lucht. Nog drie meter, nog twee meter...

'Ja!' brullen Lin en Vigo tegelijk.

Floris vliegt pal boven meester Bram op hetzelfde moment de finish over.

Iedereen begint te klappen. De meester en Floris rijden samen een ererondje over het plein. Floris in het zijspan, wuivend als een koning.

Als afsluiting van de sportnacht krijgen de jongste leerlingen rode prikkellimonade en de anderen tomatensap.

Tot slot is het opruimen geblazen. De linten moeten weg en de kistjes naar binnen. Lin, Gerda en Vigo helpen mee. Als de bijtbusjes komen, kun je niet meer zien dat het sportnacht is geweest.

'Dag!' roepen Gerda en Vigo naar Lin. Druk kletsend stappen ze in en ze zoeken een plaatsje in de bus. Vladje laat de koppeling opkomen en wil wegrijden.

Boem, boem! Iemand bonst op het portier. 'Wacht!' klinkt het van buiten.

Knorrig doet Vladje open.

'Sorry.' Floris stapt hijgend de bijtbus in. 'Ik moet van de directeur vragen of u me wilt thuisbrengen.'

Vladje trekt zijn borstelige wenkbrauwen op.

'Mijn zweefcape is kwijt,' zegt Floris. 'Ik kan er echt niks aan doen. Ik heb hem aan de kapstok gehangen, omdat ik het zo warm kreeg van het sjouwen. Maar toen ik hem weer aan wilde doen, was hij weg.'

Lezen en schrijven

Vigo woont met zijn ouders, zijn broer Lars en zijn baby-zusje Nina in de kelder van een leegstaande villa. Elke ochtend, als iedereen slaapt, klimt hij stiekem uit zijn knalrode kist. Meestal gluurt hij met zijn verrekijker door het kelderrooster naar de mensenwereld buiten. Overdag gebeuren daar veel spannender dingen dan 's nachts.
Maar vandaag heeft hij andere zaken aan zijn hoofd. Zodra hij het deksel voorzichtig van zijn kist heeft getild, gaat hij rechtop zitten en pakt zijn dagboek. Wat heeft hij veel te schrijven! Over de nieuwe meester, de sportnacht en de verdwenen cape. Misschien kan hij er een detectiveroman van maken, met zichzelf in de hoofdrol: Vigo de superspeurder.
Als hij dan geen beroemde schrijver wordt...
Na een uurtje pennen, kan Vigo zijn ogen niet meer openhouden. Geeuwend ruimt hij zijn schrijfspulletjes op. Als hij languit in zijn kist ligt, valt hij als een blok in slaap.

Klop, klop!
Vigo droomt dat hij in het zijspan van een motorfiets zonder bestuurder zit. Helemaal vanzelf crosst de motor door het bos. Meester Bram vliegt boos boven Vigo's hoofd en roept: 'Lelijke dief. Geef mijn motor terug!' Telkens duikt hij naar beneden om op de valhelm van Vigo te kloppen.

Klop, klop!

'Hou op!' roept Vigo.

Maar het kloppen houdt niet op.

Vigo begint wild om zich heen te slaan.

Knal! Daar ligt het deksel van zijn kist op de grond. Vigo schrikt wakker en kijkt in het gezicht van zijn moeder.

'Kijk toch uit,' zegt ze chagrijnig. 'Kun je niet rustig wakker worden?'

Alsof dat geklop zo rustgevend is, denkt Vigo. Voor zijn verjaardag vraagt hij een echte wekker. Die kun je tenminste afzetten.

Lars is al aangekleed en zit aan de ontbijttafel. 'Onze meester trakteert vannacht omdat we allemaal voor de bloedproef geslaagd zijn.'

'Sst!' zegt moeder met een knikje naar Vigo.

'O, ja.' Lars steekt zijn tong uit. 'Onze baby kan niet tegen b...'

'Lars!'

'Misschien trakteert onze meester ook wel,' zegt Vigo. 'Omdat hij de vliegwedstrijd heeft gewonnen.'

Lars krijgt meteen weer die verliefde blik in zijn ogen. 'Ik ga later ook motorcrossen.'

'Mooi niet,' zegt moeder. 'Veel te gevaarlijk!'

'En meester Bram dan?' zegt Lars verontwaardigd.

'Meester Bram is mijn kind niet.' Moeder tilt Nina uit de kist en snuift aan haar pamper. 'Houd jij haar even vast,' zegt ze tegen Vigo. 'Dan pak ik een schone luier.'

Bah! Alleen knoflook stinkt nog erger. Vigo houdt Nina zo ver mogelijk van zich af en probeert door zijn mond adem te halen.

Klik. Het rooster in het plafond gaat open. Vigo's vader zweeft naar binnen en landt op de keldervloer. Onder zijn

ene arm heeft hij de krant *Bij nacht en ontij*. Onder zijn
andere de post.
'Zit er een brief voor mij tussen?' vraagt Vigo.
Zijn vader schudt zijn hoofd. 'Alleen bankafschriften en
een rekening van de tandarts. Verwacht je iets?'
'We hebben de juf kaarten gestuurd,' zegt Vigo. 'Mis-

schien schrijft ze wel terug.'

'Ik zou er niet op rekenen.' Moeder neemt Nina over en begint haar te verschonen. 'Daar is ze vast nog te ziek voor.'

Vigo baalt. Ineens heeft hij zin om alles aan Lin te vertellen. Als ze tenminste niet meer doet of meester Bram de gaafste vampier van de wereld is.

Hij stopt zijn lunchpakketje in zijn rugzak, en een notitieboekje en een pen. Die gebruiken detectives ook altijd.

Vader gaat in de grote tweepersoonskist de krant zitten lezen. De kaars op het hoofdeinde geeft net genoeg licht. Moeder voert Nina tomatensap uit een flesje en Vigo eet een bordje bosbessenpudding.

Hij heeft zijn tanden nauwelijks gepoetst, of het bijtbusje toetert al.

'Doe je best en een fijne nacht!' roept moeder.

'Gagaga,' brabbelt Nina. Zij hoeft nog lang niet naar de Drakensteinschool. Vigo's vader brengt haar straks naar Dikkertje Hap. Dat is een crèche, speciaal voor babyvampiertjes.

Betrapt!

Lars ligt dubbel van het lachen. 'Moet je daar kijken!' Hij wijst door het raam van het bijtbusje.

Een man met een zwarte cape fladdert voorbij. De lichtjes in zijn zolen gaan aan-uit-aan.

'Meester Bram?' vraagt Vigo verbaasd.

'Hij kan beter motorrijden dan vliegen.' Bert Bloeikens knijpt zijn ogen tot spleetjes.

'Oei!' gilt Gerda.

De meester ontwijkt op een haar na een boom. Zijn vlieg-cape is dan wel gemaakt, maar zo te zien niet erg goed. Hij zwalkt door de lucht alsof hij dronken is.

Ai! Ineens gaat hij langzamer en zeilt dan omlaag. Bam! De hak van zijn schoen raakt het dak van het bijtbusje.

Vladje toetert lang en hard en draait het raampje open.

'Kun je niet uitkijken?' roept hij, terwijl hij op zijn voorhoofd tikt.

Meester Bram maakt een verontschuldigend gebaar en meteen ook een rare zwieper. Bijna stoot hij de buitenspiegel van het busje af.

'Dat zo iemand leraar kan worden,' zegt Vladje hoofdschuddend.

Vigo staart door het raam naar de onhandige meester. Het lijkt wel of hij nooit eerder heeft gevlogen. Zoeffff! Nu scheert hij rakelings langs een dikke eik.

31

'Als dat zo doorgaat, hebben jullie binnenkort weer een invaller nodig.' Vladje stuurt de bijtbus naar de andere kant van het bospad, zo ver mogelijk van meester Bram vandaan.

'Waarom bent u vandaag niet met de motor?' vraagt Gerda meteen als meester Bram de klas inkomt.
'Alweer een kruisverhoor?' Hij trekt een verbaasd gezicht.
'Het is toch heel normaal dat vampiers vliegen?'
Vigo krimpt in elkaar. Het is in elk geval niet normaal dat de meester het verboden woord alweer gebruikt.
Bert Bloeikens kan het niet nalaten om te grinniken. 'U leek wel een stuntvlieger, meester.'

'Tja.' Weer worden zijn witte wangen rozig. 'Mijn kleermaker heeft de cape niet alleen gemaakt, maar ook opgevoerd. Ik denk dat er toen iets is misgegaan. Hij moet er straks nog maar eens naar kijken.'

Opgevoerd? Vigo denkt aan de zweefcape van Floris. Vliegt er dan niemand meer op eigen vampierkracht?

De meester hangt zijn cape aan een haak aan de muur. 'Nu we het toch over vliegen hebben...' Hij draait zich naar het bord en begint te schrijven: *Een vleermuis vliegt 20 kilometer per uur. Hij moet 80 kilometer afleggen om bij het kasteel te komen. Hoe lang is hij onderweg?*

Terwijl de andere kinderen de som proberen uit te rekenen, vist Vigo stiekem het opschrijfboekje uit zijn tas. Hij moffelt het tussen de blaadjes van zijn rekenschrift en zet zijn etui er rechtop voor. Zo moet de meester om een hoekje kunnen kijken, wil hij zien wat Vigo uitspookt.

Vigo schrijft, met het puntje van zijn tong uit zijn mond: *Onderzoek superspeurder V.: 1. de wonderbaarlijke verdwijning van de opgevoerde zweefcape. 2. de eigenaardigheden van de nieuwe m...*

'Heb je de uitkomst al?' vraagt meester Bram.

Betrapt kijkt Vigo op. 'Eh...'

Lin houdt vier vingers voor haar gezicht en doet of haar neus jeukt.

'Vier!' roept Vigo snel.

De meester knikt, maar zijn ogen kijken Vigo priemend aan. Het lijkt wel of hij zijn gedachten probeert te lezen. Zenuwachtig friemelt Vigo aan de rits van zijn etui.

Oeps! De pennenzak valt om en alle potloden en stiften rollen eruit en kukelen op de grond.

Vigo bukt met een rood hoofd om ze op te rapen. Lin en Gerda helpen mee.

Meester Bram gaat op zijn knieën voor de kast zitten om er een verdwaalde balpen onderuit te halen. 'Je moet je etui ook niet rechtop zetten.' Als hij de pen op Vigo's tafel wil leggen, ziet hij het opschrijfboekje. 'Wat een raar rekenschrift.' Hij pakt het op en wappert ermee in de lucht.

Stomstomstom! Vigo maakt zich klein. Nu gaat de meester als een windei ontploffen. Nu gaat hij zoveel strafwerk geven dat Vigo nooit meer tijd heeft om zijn neus in andermans zaken te steken. Nu...

Maar er gebeurt niets. Tenminste, voorlopig niet.

Meester Bram stopt het notitieboekje in zijn borstzakje. 'Tijdens het speelkwartier moet jij me maar eens het een en ander uitleggen.'

Schijtschijtschijt. Vigo knijpt zijn tenen bij elkaar. Als de meester maar niet op het idee komt dat het over hem gaat. Dikke kans dat hij dan voortaan op zijn tellen past. Mensen die in de gaten worden gehouden, gedragen zich altijd poeslief.

Zwijgend doet Vigo zijn schrijfspullen terug in zijn etui. Wat moet hij straks in de pauze zeggen? Als hij de superspeurder uit zijn detectiveroman was, zou hij zich vermommen met een krulletjespruik en een aangeplakte baard en ongemerkt de klas uit wandelen.

Waarom gaat in boeken alles altijd veel gemakkelijker dan in het echte leven?

Au!

Lin Suikerspin heeft bemoedigend haar duim opgestoken voordat ze naar buiten ging. Nu is de klas leeg en staat Vigo heel alleen voor het schoolbord. Hij voelt zich nog kleiner dan een miertje.

'En vertel me nou maar eens wat dit te betekenen heeft.' De meester heeft het opschrijfboekje uit zijn borstzakje gehaald en houdt het voor Vigo's gezicht.

'Ni-niks, meester.'

'Noem dat maar niks. Rekenen is hartstikke belangrijk. Maar jij houdt je bezig met heel andere zaken.'

Vigo moet steeds naar de reusachtige hoektanden van de meester kijken. Als die ooit gaan rotten, heeft de tandarts veel werk.

De meester kijkt in het boekje. 'Superspeurder V... Jij wilt zeker detective worden, of politie-inspecteur?'

'Nee, hoor,' zegt Vigo vlug, voordat de meester verder leest. 'Schrijver.'

'A-ha. De wonderbaarlijke verdwijning...'

'Het zijn titels,' verzint Vigo gauw. 'Als ik een idee krijg voor een verhaal, schrijf ik het op.'

'Ook al komt dat idee tijdens de rekenles?'

Vigo buigt zijn hoofd. 'Anders vergeet ik het.'

Tot zijn verbazing geeft meester Bram hem het boekje terug. 'Tja, dat mag niet gebeuren.'

Kom ik even mooi weg, denkt Vigo. Hij zet een stap in de richting van de deur.

Maar de meester is nog niet uitgepraat. 'Zal ik je eens een geheimpje verklappen? Ik schrijf ook. Binnenkort komt mijn roman *De mummie* uit.' Hij kijkt zo trots als een pauw.

Vigo twijfelt. Staat de meester weer een potje te liegen of is het dit keer echt? Hij kan geweldig vertellen, dat wel.

'Bent u op dit moment ook met een boek bezig?' vraagt Vigo, toch een beetje onder de indruk.

'Ja, over va...' De meester stokt midden in de zin. Het is net of hij ergens van schrikt. Hij slaat zijn hand voor zijn mond en stoot tegen zijn rechterhoektand. Die staat meteen zo scheef als de toren van Pisa.

Oei! denkt Vigo. Die is eruit.

Maar meester Bram schuift de tand weer recht. Zijn tanden zijn nep! Vigo heeft nog nooit een kunstgebit met zulke joekels van tanden gezien. Meester Bram is vast erg bloeddorstig dat hij zo'n reuzengebit heeft laten maken. Hu!

'Va-valse honden,' zegt de meester, terwijl hij aan zijn tand voelt. Zijn gezicht is niet langer wit, maar knalrood. 'En ga nu maar buiten spelen.' Zonder nog op of om te kijken, loopt hij het lokaal uit. Alsof een enge mummie hem op de hielen zit.

Nou ja! denkt Vigo. Schrijver of niet, meester Bram is echt niet lekker. Het wordt tijd dat superspeurder Vigo in actie komt.

Zijn oog valt op de zweefcape van de meester, die nog steeds aan de haak in het klaslokaal hangt. Dat ding vliegt voor geen meter. Heeft de kleermaker een fout gemaakt, of ligt het aan meester Bram zelf?

Er is maar één manier om daarachter te komen...
Vigo voelt het zweet in zijn handen staan. Hij moet er niet
aan denken dat hij wordt gesnapt. Zal hij wel, zal hij niet?
Zenuwachtig kijkt hij op de klok. Over een paar minuten
is het speelkwartier voorbij.
Aarzelend loopt hij naar de cape. Voor zo'n grote meester
is het best een kleintje. Eigenlijk past deze cape beter bij
iemand als Floris...
Vigo schrikt van het idee. Een meester die steelt, dat kan
toch niet?
Met trillende handen voelt hij aan de stof. Als dit de cape
van Floris is, moet er een computertje in zitten. Wacht
eens. Wat is dat voor een rare bobbel?

Vigo steekt zijn vingers in de zak van de cape.

Pats!

Aan zijn wijsvinger bengelt een muizenklem.

'Au!' brult Vigo.

Oejieoeijie! doet de zoemer.

Opschieten! Opschieten! Voordat de meester binnenkomt! Snel bevrijdt Vigo zijn pijnlijke vinger. Hij stopt de muizenklem terug in de zak van de cape en loopt naar zijn plaats. Gelukkig bloedt hij niet, anders was hij ter plekke omgevallen.

'Kreeg je erg op je kop?' vraagt Gerda als ze de klas inkomt.

'Heb je straf gehad?' vraagt Lin.

Vigo schudt zijn hoofd. Praten kan hij even niet, want hij heeft zijn zere vinger in zijn mond gestopt. Bovendien heeft hij het te druk met denken.

Waarom stopt meester Bram een muizenval in zijn cape? Tegen zakkenrollers? Of wil hij niet dat er iemand zijn zakken napluist? Omdat er misschien, heel misschien een computertje in zit. Precies zo'n computertje als in de opgevoerde cape van Floris...

In het schoolkantoortje

Na de nachtelijke lunch in het klaslokaal, hebben de vampiers een halfuur pauze. Ze mogen buiten spelen. Behalve de twee kinderen die corvee hebben. Die moeten eerst alle tafeltjes schoonmaken en de vloer vegen. Vannacht zijn Vigo en Lin aan de beurt.

Vigo maakt onder de kraan een doekje nat. Dit is hét moment om Lin alles te vertellen. Maar hij weet niet goed hoe hij moet beginnen. 'Merk jij niets vreemds aan de meester?' vraagt hij voorzichtig.

Lin stapelt de bekers op. 'Wat bedoel je?'

'Hij zegt bijvoorbeeld het verboden woord.'

'Gewoon een vergissinkje.'

'Twee keer!'

Lin zet de toren van bekers op de kast, waar hij gevaarlijk begint te wiebelen. 'Oké, je hebt gelijk. Maar het is wel hartstikke aardig dat hij je geen straf heeft gegeven.'

Vigo wringt het doekje uit en begint driftig een tafel te boenen. 'Ik zeg toch niet dat hij onaardig is? Ik zeg alleen dat er iets vreemds aan de hand is.' Hij stopt met poetsen en is even stil. 'Weet je wat hij in de zak van zijn cape verbergt? Een muizenval!'

Lin hapt naar adem. 'Heb jij in de spullen van meester Bram zitten snuffelen?'

Vigo knikt. 'Ik moest toch weten of ik gelijk had.'

'Hoezo, gelijk?'
'Of het de zweefcape van Floris was.'
Lin kijkt glazig. 'Je bedoelt... Dat kan niet.'
'En die muizenval dan?'
'Dat is toch logisch,' zegt Lin. 'Of denk je dat meester

Bram ook nog boterhammen met aardbeienjam eet, net als wij? Die lust tussen de middag best wat muizenbl...' Ze slaat haar hand voor haar mond. 'Sorry.'
Vigo hoort het niet eens. 'Waarom zet hij die val dan niet ergens waar het krioelt van de muizen? Zo vangt hij niets.'
'Je hebt te veel spannende boeken gelezen.' Lin pakt de bekers weer op en loopt naar de gang. 'Daar krijg je rare fantasieën van.'
'En hij heeft een kunstgebit,' zegt Vigo.

Maar Lin is al op weg naar de afwasmachine, en hoort Vigo niet meer.

Chagrijnig maakt Vigo de tafels schoon. Waarom vindt Lin die stomme meester Bram zo geweldig? Anders gelooft ze Vigo altijd.

Hij wil net de klas gaan vegen, als ze weer binnenkomt. Met ogen zo groot als schoteltjes.

'Wat is er?' vraagt Vigo.

'Je hebt gelijk,' zegt ze op een toon alsof ze net een spook heeft gezien. Ze trekt de bezem uit Vigo's handen en zet hem in de hoek. 'Mee.'

Vigo snapt er niets van. Hij wil vragen wat er scheelt, maar Lin pakt hem stevig bij zijn mouw en sleurt hem mee naar de gang. Omdat ze op haar tenen loopt, begint Vigo vanzelf ook te sluipen. Voorbij de lege klaslokalen, langs de rode kamer waar de meesters en juffen in de pauzes een glaasje drinken, het hok waar het kopieerapparaat bromt, het magazijn en de toiletten.

Dan, ineens, blijft Lin stokstijf staan. Vigo botst bijna tegen haar op. Ze wijst naar een deur die op een kier staat. De deur van het schoolkantoortje.

Vigo ziet iemand op zijn knieën bij een ladekist zitten. Het is niet de secretaresse. Die heeft een oranje knotje dat op een vogelnestje lijkt, maar geen brede schouders en ook geen achterhoofd met pikzwart haar.

Vigo's hart springt bijna uit zijn borstkas.

Het is meester Bram! Met een schroevendraaier probeert hij een ladekist open te breken. De kist die ernaast staat, is al open en de grond ligt bezaaid met papier.

Aan de tand voelen

'Moeten we de directeur waarschuwen?' fluistert Lin in Vigo's oor.
Vigo schudt zijn hoofd en wijst in de richting van hun klaslokaal. Zo geruisloos mogelijk lopen ze terug. Vigo doet de deur stevig achter hen dicht.
'Meester Bram is een dief.' Lin kijkt erbij alsof ze het nog niet kan geloven.
'Maar wel een rare dief,' zegt Vigo. 'Hij steelt een zweef-cape en waardeloos oud papier. Waarom neemt hij de computer niet mee? Of de tas van de secretaresse? Die zag ik op de stoel in het kantoortje staan. En nog open ook. Je kon haar portemonnee gewoon zien.'
Lin frunnikt aan haar suikerspinhaar. 'Wat doen we nu?'
Vigo pakt zijn notitieboekje. 'We gaan meester Bram eens goed aan de tand voelen. Pas als we precies weten wat er aan de hand is, vertellen we het aan de directeur.' Hij begint te schrijven:
De eigenaardigheden van de nieuwe meester:
Hij snuffelt in het schoolkantoortje rond.
Hij is meer motormuis dan vleermuis en vliegt als een mislukt vogeltje.
Hij is niet bang voor het verboden woord.
Hij heeft valse tanden.
Lin leest over zijn schouder mee. 'Het lijkt wel of meester

Bram geen echte vampier is,' zegt ze zachtjes. 'Maar wat doet hij dan op Drakenstein?'

Het is of de lucht plotseling stilstaat. Vigo trekt wit weg. In zijn hoofd loeien sirenes en het klaslokaal lijkt te kapseizen. Dit kan maar één ding betekenen: DVVD, De Vampier Verdelgings Dienst.

Vigo voelt dat elk haartje op zijn lijf overeind gaat staan.

Bij de vampierverdelgingsdienst werken geen vampiers, maar gewone mensen. Nou ja, gewone mensen... Ze zijn nog bloeddorstiger dan vampiers. Ze dóen heel aardig, maar ondertussen gaan ze over lijken.

Vaak vermommen ze zich. Met smoesjes proberen ze overal binnen te komen. In donkere kelders, op verlaten kerkhoven, of op zo'n school als Drakenstein. Als er maar vampiers zijn. En liefst niet eentje, maar een heleboel tegelijk. Mensen die bij de vampierverdelgingsdienst werken, hebben namelijk maar één doel: vampiers opsporen en vernietigen. Tot ze allemaal zijn uitgeroeid.

In Vigo's keel zit een dikke prop. 'I-i-ik denk dat meester Bram van de v-v-vampierverdelgingsdienst is,' stottert hij.

Lin kijkt hem doodsbenauwd aan. 'Op die papieren in het kantoortje staan natuurlijk de adressen van alle leerlingen!'

'Straks komt meester Bram op huisbezoek,' piept Vigo. 'Niet om met mijn ouders te praten, maar om een staak door onze harten te steken.'

Lin huilt bijna. 'We moeten hem ontmaskeren, voordat hij ons vermoordt.'

Vigo knijpt in haar hand. 'Maak je niet ongerust. Ik bedenk wel een plannetje.'

'Echt?' vraagt Lin.

Vigo knikt. 'Nog even op je tanden bijten.'

Hij zegt niet dat hij net zo goed buikpijn heeft. Want hoe bewijs je dat iemand een nepvampier is?

Bodyguard

Lars en zijn vader spelen een potje fladderschaak aan de keukentafel. Vigo kijkt naar de stukken, zonder iets te zien. Hij piekert en piekert.

Lin geloofde hem pas toen ze de meester bij de ladekisten betrapten. Dan hoeft hij er bij zijn ouders al helemaal niet mee aan te komen. Ze zeggen altijd dat Vigo te veel fantaseert. Wist hij maar waar meester Bram woont. Dan zou hij overdag op visite kunnen gaan. Controleren of de meester in een kist slaapt of in een bed. En dan een foto maken als bewijs.

'Wat ben je stil,' zegt Vigo's moeder.

Vigo zegt niets terug. Hij schudt alleen zijn hoofd. Het is sowieso een slecht plan. Hij kan nauwelijks vliegen. Zonder hulp komt hij niet eens de kelder uit.

'Is er iets?' vraagt zijn moeder.

Een robbertje vechten met de meester? denkt Vigo. Vampiers zijn veel sterker dan mensen. Als hij tijdens de gymles meester Bram in de houdgreep neemt, weet de hele klas hoe laat het is. Mmm...

Vigo schrikt op als iemand een hand op zijn voorhoofd legt.

'Ben je niet lekker?'

'Hè?' Vigo kijkt zijn moeder suffig aan.

'Je moet maar vroeg naar bed gaan,' zegt ze bezorgd. 'Als

je niet oppast, word je nog ziek.'

Als ik niet oppas, word ik uitgeroeid, denkt Vigo. Mooi dat ik vandaag niet ga slapen. Stel je voor dat meester Bram ineens op de stoep staat.

Zijn moeder loopt naar de box en houdt Nina een bijtring voor.

'Gagaga,' kraait Nina. Het klinkt heel lief.

Vigo voelt zich meteen groter en sterker. Meester Bram moet niet proberen aan Nina te komen, of aan zijn ouders of aan Lars. Hier waakt Vigo, de bodyguard!

Zodra iedereen ligt te ronken, klautert Vigo uit zijn kist. Langs zijn touwladdertje klimt hij naar beneden. Hij trekt zijn stille konijnensloffen aan en sluipt naar de speelgoedkist. Voorzichtig vist hij er zijn kijker uit. Het is een lange kijker met spiegeltjes erin, zodat Vigo door het hoge kelderrooster naar buiten kan gluren.

Voorlopig is de kust veilig.

Nee, wacht eens! In de verte komt iemand aangelopen. Vigo houdt zijn adem in.

Het is een man in een regenjas en hij heeft een hond bij zich. Mensen die bij de vampierverdelgingsdienst werken, hebben vaak een hond. Als zo'n beest een vampier ruikt, blaft hij zich suf.

Vigo durft de kijker niet zoals anders terug te trekken. Hij moet eerst zeker weten of die wandelende kleerkast niet meester Bram is.

O, nee! De hond komt snuffelend dichterbij.

Niet blaffen, niet blaffen! wenst Vigo zo hard als hij kan.

'Hier!' zegt de man tegen zijn hond en hij trekt hem terug aan de riem. 'Voordat je je neus weer in iets smerigs steekt.'

Vigo haalt opgelucht adem. Meester Bram heeft niet zo'n hoge stem. Vlug haalt hij de kijker binnen en wacht tot de hond en zijn baas op veilige afstand zijn. Dan pas loert hij verder.

Uren en uren gaan voorbij. Vigo krijgt lamme armen en zijn ogen prikken van de slaap. Langzaam doezelt hij weg. Hij schrikt wakker als er een motor door de straat raast. Pfff, geen zijspan. Maar het was wel kantje boord. Hij moet op zijn hoede blijven, alles in de gaten houden. De straat, de bosjes, de stoe...

'Wat doe jij nou?'

Vigo wordt door elkaar geschud. Als hij lodderig een oog opendoet, kijkt hij in het gezicht van zijn broer.

'Ik was bijna over je gestruikeld, toen ik naar de wc ging,' fluistert Lars.

'Au.' Vigo grijpt naar zijn rug. Die is zo stijf als een plank. 'Je moet ook niet op die koude keldervloer gaan liggen,' zegt Lars. 'Waarom slaap je niet gewoon in je kist?' Dan ziet hij de kijker liggen. 'O, je was weer aan het gluren. Stommerd, je weet toch dat daglicht levensgevaarlijk is.'

'Ja,' zegt Vigo. 'Levensgevaarlijk.' Hij voelt zich ineens doodmoe en de tranen springen in zijn ogen. 'Net zo levensgevaarlijk als de vampierverdelgingsdienst.'

'Geen mens weet dat we hier zitten,' sust Lars.

'Wel.' Er drupt een traan over Vigo's wang. 'Hij heeft ons adres.'

'Hè, wie? Wat is er, joh?' vraagt Lars bezorgd.

En dan begint Vigo te vertellen...

De braakbal

De volgende nacht lopen Vigo en Gerda naar de schooltuin om Pijlstaartje te verzorgen. Lin is er al. Ze gooit de
knaagstaak in de lucht en het draakje spurt erachteraan
om hem te halen.

'Lars gaat ons helpen,' zegt Vigo, zodra hij het hek achter
zich heeft dichtgedaan.

'Waarmee?' vraagt Gerda Gruwelijk nieuwsgierig. 'Jouw
broer ziet ons anders nooit staan.'

In sneltreinvaart vertelt Vigo het hele verhaal over meester Bram.

Gerda kan het nauwelijks geloven. Maar ze kan ook niet
bedenken wat er dan wel aan de hand is. 'We moeten alle
vampiers waarschuwen,' zegt ze. 'Al is het maar voor de
zekerheid.'

'Dat lijkt me niet verstandig,' zegt Vigo. 'Als iedereen in
paniek raakt, komt er van ons plan niets meer terecht.'

'Welk plan?' vraagt Gerda.

'Dat Lars en ik gaan verzinnen,' antwoordt Vigo ongeduldig.

'Als jullie maar opschieten.' Lin ziet er moe en slaperig
uit. 'Ik heb de afgelopen dag geen oog dichtgedaan. Bij elk
geluidje dat ik hoorde, dacht ik dat het meester Bram was.'

Als Pijlstaartje de knaagstaak voor hem neerlegt, klopt
Vigo het dier op zijn rug. 'Je zou hem mee naar huis moe-

ten nemen,' zegt hij tegen Lin. 'Hij is een prima waak-
draak.'

Lin grinnikt. 'Oma ziet me aankomen. Ze is veel te bang
dat hij aan haar mooie meubeltjes knaagt.'

Vigo is blij dat ze weer kan lachen. Hij rolt de tuinslang uit
en spuit de poep van de tegels.

'Denk om mijn schoenen!' gilt Gerda.

'Wat zit je toch te suffen,' zegt meester Bram die nacht wel
tien keer. Eerst tegen Vigo, en dan tegen Lin. Ze proberen
wel op te letten, maar hun hoofd staat niet naar sommen
of taal. Als ze naar de meester kijken, moeten ze steeds
aan de vampierverdelgingsdienst denken.

'Hè, hè,' zegt Lin als de zoemer voor het eten eindelijk is
gegaan.

'Ik heb geen trek.' Vigo schuift zijn lunchtrommel van
zich af.

'Ik wel.' Gerda bijt in een grote vleestomaat.

Vigo denkt aan zijn geheime wens, die in onzichtbare inkt
in zijn dagboek staat geschreven. Gerda zou er niets van
begrijpen. Ze is het schoolvoorbeeld van een vampier. Zo
eentje die van enge verhalen houdt en bloedrood de aller-
mooiste kleur vindt... Meteen krijgt Vigo een metaalachtig
smaakje in zijn mond. Hij doet het deksel op de trommel.

'Ga je zo mee voetballen?' vraagt Bert Bloeikens. 'Ik heb
een braakbal van thuis meegenomen.'

'Mij best,' zegt Vigo.

'Ik doe ook mee.' Lin maakt een prop van de zak waar haar
lunch in heeft gezeten en gooit hem in de prullenbak.

'Ik heb best zin in een potje voetbal, hoor,' zegt Gerda als
ze naar de speelplaats lopen. 'Maar moeten we eigenlijk

meester Bram niet bespioneren?'
'Je hebt gelijk,' zegt Vigo zachtjes. 'Het probleem is, dat
we een smoes nodig hebben om in de school rond te dwa-
len. Niemand mag argwaan krijgen.'
Lin knikt. 'Hadden we nog maar corvee.'
'Als dat alles is.' Gerda knipoogt vet. 'Ik regel het wel
even.'
'Stelletje bejaarden!' roept Bert. 'Gaan we nou nog voetballen of niet?' Hij laat een oerwoudkreet horen en schopt
de braakbal hoog in de lucht.
Meteen rennen de spelers over de speelplaats. De bal stui-
tert op de stoeptegels en vliegt al snel heen en weer. De

wedstrijd is zo spannend dat Vigo vergeet wat Gerda heeft beloofd. Rennen, rennen! Ja! Hij vangt de braakbal met zijn voet.

'Hier. Ik sta vrij!' roept Gerda Gruwelijk.

Vigo trapt de bal in haar richting en verwacht dat ze op het doel zal mikken.

Maar Gerda kijkt niet naar het doel. Haar ogen gaan van de bal omhoog, langs de betonnen muren van de school. Ze haalt uit en geeft de braakbal een rotknal. Hij vliegt hoger en hoger... tot hij met een plof op het dak van Drakenstein landt. Baf!

'Dat deed je expres!' roept Bert, laaiend van woede.

'Sorry, hoor,' zegt Gerda.

'Stomme trien,' moppert Floortje.

Maar Vigo vindt Gerda helemaal geen stomme trien. Wat een gehaaid plannetje!

Het is streng verboden om zelf de bal van het dak te halen. De meesters en juffen zijn bang voor ongelukken. Sommige vampiers kunnen nog niet zo goed vliegen en het dak is behoorlijk hoog.

'Ik ga naar de conciërge,' zegt Vigo. 'Om te vragen of hij hem eraf haalt.'

'Kijk je wel uit?' vraagt Lin bezorgd.

Bert Bloeikens staart haar aan. 'Sinds wanneer is de conciërge gevaarlijk?'

De conciërge niet, denkt Vigo, maar meester Bram wel. Met kloppend hart stapt hij het schoolgebouw in.

Knoflook

Vigo loopt door de gang en gluurt door de openstaande deuren in de klassen. Hier en daar is nog een corvee-ploegje aan de gang, maar de meester is voorlopig nergens te bekennen. Hoewel...

Aan de muur tegenover de lokalen hangen schilderijen. Vigo rilt als hij voorbij het portret van graaf Dracula komt. Dat hem dat niet eerder is opgevallen. Die engerd en meester Bram lijken als twee druppels water op elkaar.

Snel stapt Vigo door, zonder een juf of meester tegen te komen. Die zitten natuurlijk in de rode kamer te lunchen. Of ze maken een wandelingetje door het bos, op zoek naar bijvoorbeeld een eekhoorntje, om in te bijten. Maar mees-ter Bram dan? De mensen die bij de vampierverdelgings-dienst werken, eten meestal boterhammen. Met kaas of worst of hagelslag. Mmm, waar zou de meester lunchen? Ergens waar het niet opvalt...

Ergens op een plekje waar geen vampiers komen!

Vigo loopt verder, hij inspecteert alle voorraadkasten en toiletten.

Snif, snif. Wat ruikt hij daar?

Ineens wordt hij zo misselijk als een kat. Dit stinkt hon-derd keer erger dan de vieze luiers van Nina. Hij zoekt steun bij de muur om niet om te vallen.

Rustig blijven. Door zijn mond ademen. Niet overgeven.

Vigo knijpt zijn neus dicht en wrijft de tranen uit zijn ogen. Waar komt die vreselijke knofloaklucht vandaan? Uit het natuurkundelokaal waar de oudste leerlingen soms proefjes mogen doen?

Vigo knijpt met één hand zijn neus dicht en maakt met de andere de deur open. Hij strompelt naar binnen en botst bijna op meester Bram.

Help!

De meester houdt een boterham in zijn hand en heeft een raar bloot gezicht. Hij schrikt minstens zo hard als Vigo. Paniekerig draait hij zich om, grist iets van het werkblad en propt het in zijn mond.

Zijn tanden! weet Vigo ineens.

Meester Bram knijpt nu ook zijn neus dicht. 'Boterham met kruidenboter,' zegt hij.

Knoflook, denkt Vigo. En er is een hap uit genomen!

Hij kan haast niet meer op zijn benen blijven staan. Hij klemt zich vast aan het werkblad terwijl er zwarte vlekken voor zijn ogen dansen. Wat is hij stom geweest om zich te laten bedwelmen. Nu kan de meester hem vermoorden, zonder dat hij iets terug kan doen. Vigo doet zijn ogen dicht en verwacht dat zijn negen ondode jaren aan hem zullen voorbijflitsen.

Stommelstommel.

Vigo doet één oog open. Meester Bram pakt een fles waar met grote letters ZOUTZUUR op staat. Als hij er de dop afdraait, moet hij zijn neus even loslaten. Zie je wel: hij wordt zelfs niet een béétje groenig.

Vigo doet ook zijn andere oog open. Meester Bram kwakt het zoutzuur in een bak en laat de boterham erin glijden. Het borrelt en sist en het brood met de kruidenboter verdwijnt in het niets.

'Zo,' zegt meester Bram. 'Dat is ook weer opgelost.'

Zodra de geur is verdwenen, voelt Vigo zich weer fit en sterk. Hij laat zijn neus los en haalt voorzichtig adem.

'Kan ik erop vertrouwen dat dit onder ons blijft?' vraagt de meester. 'We moeten niet onnodig paniek zaaien. Waarschijnlijk is die boterham door een ondeugende leerling hier neergelegd. Weer eens wat anders dan de gebruikelijke stinkbommetjes.'

Vigo gelooft er niets van. Vampierkinderen kunnen wel klieren, maar met knoflook halen ze heus geen grapjes uit. Als een vampier kruidenboter op een boterham moet smeren, gaat hij al van zijn stokje. Nee, de meester was natuurlijk aan het lunchen, tot Vigo roet in het eten kwam gooien.

'Maar...' Achterdochtig kijkt de meester Vigo aan. 'Waarom speel jij eigenlijk niet buiten?'

'De braakbal van Bert is op het dak terechtgekomen,' zegt Vigo. Hij bedankt Gerda in stilte. Hij moet er niet aan denken dat hij met zijn mond vol hoektanden had gestaan. Als de meester weet dat zijn geheim is ontdekt... Vigo krijgt een visioen van een levensgrote bak met zoutzuur. 'Ik was op zoek naar de conciërge, toen ik hier die vreselijke stank rook.'

'Aha.'

Vigo doet een stapje achteruit. Zijn maag draait zich om. Wat stinkt meester Bram vreselijk uit zijn mond, zeg. Naar dodelijke knoflook.

'En denk erom,' zegt de meester nog een keer. 'Mondje dicht.'

Zodra Vigo op de gang is, haalt hij diep adem. Heerlijk, die frisse lucht. Hij rent meteen naar het hokje van de conciërge en vertelt van de braakbal op het dak. De conciërge pakt zijn zweefcape en gaat mee naar buiten.

Vigo heeft geen zin meer in voetballen. Hij roept Lin, Gerda en Lars en vertelt van zijn ontmoeting met meester Bram.

'Als dat geen bewijs is!' zegt Lin en ze klopt Vigo keihard op zijn schouder.

'We moeten hem ontmaskeren,' zegt Lars, 'waar iedereen bij is.'

Lin knikt. 'Op een moment dat hij niet kan weglopen.'

'Er moet een volwassene bij zijn,' zegt Gerda Gruwelijk. 'In geval van nood kan die in zijn nek bijten.'

'Juf Vleerkens,' denkt Vigo hardop. Hij snapt niet waarom ze niet heeft teruggeschreven.
'Die ligt nog steeds in Medisch Centrum Ondergronds,' zegt Lin met een zucht.
Vigo kijkt sip. 'Konden we haar maar opzoeken.'
Lars lacht zijn grote vampiertanden bloot. 'Dat kan toch!'
'Hè?' zegt Vigo.

'Papa en mama gaan vrijdagavond naar de film,' zegt Lars ongeduldig. 'We moeten babysitten. Niemand die het merkt als wij eventjes op ziekenbezoek gaan.'
'En Nina dan?' vraagt Vigo opgewonden.
'Die nemen we mee,' zegt Lars. 'In een draagzak op mijn buik.' Hij prikt Vigo tussen zijn ribben. 'En jij mag op mijn rug.'

Medisch Centrum Ondergronds

'En?' vraagt Vigo's moeder. 'Hoe zie ik eruit?' Ze loopt als een mannequin door de schemerige kelder. Om haar bleke hals draagt ze een bloedkoralen ketting. De kralen glanzen in het licht van de lekkende kaarsen.

'Mooi,' zegt Vigo.

'Gaaf,' zegt Lars.

Hun vader zegt niets, maar hij fluit als een stratenmaker.

'Hou op, gekkie.' Moeder pakt met een glimlach haar cape van de kapstok en slaat hem om. 'Zullen jullie goed op Nina passen?'

Ja-ha, denkt Vigo.

'Er staat tomatensap op het aanrecht. En in het keukenkastje ligt een zak paprikachips.'

Ga nou, denkt Vigo.

'Als Nina huilt, dan geef je haar een flesje.'

'We moeten opschieten,' zegt Vigo's vader. 'De film begint zo.'

'Of een schone luier,' gaat Vigo's moeder onverstoorbaar verder.

Vigo kreunt. Alsof ze nog nooit eerder op Nina hebben gepast.

Maar dan eindelijk, eindelijk gaat het rooster in het plafond open en vliegen zijn ouders weg.

'Op naar Medisch Centrum Ondergronds!' zegt Vigo

tegen Lars als het rooster dichtklapt.

Ze sjorren Nina met veel moeite in de draagzak en stoppen een speen in haar mond zodat ze niet gaat huilen.

'Klim maar op mijn rug,' zegt Lars.

Vigo klemt zich stevig vast. Zijn broer heeft nog maar een paar jaar vliegles gehad.

'Daar gaan we,' zegt Lars. Ze komen een metertje van de grond en zakken meteen weer.

'Shit.' Lars probeert het opnieuw, maar weer is de zwaartekracht sterker dan de zweefkracht. 'Je weegt te veel.'

Vigo springt op de grond. 'Dan moeten we met de bus.'

'Maar hoe krijg ik jou uit de kelder?' vraagt Lars.

Vigo wijst naar de kleine touwladder die aan zijn hoogslaapkist vastzit. 'Als je dat nou eens losmaakt en onder het rooster hangt.'

Met alleen baby Nina op zijn buik, kan Lars wel vliegen. Hij peutert de touwladder los en maakt hem vast aan het rooster.

Vigo gaat op zijn tenen staan en strekt zijn armen uit. 'Hè, ik kan er niet bij.'

Maar Lars heeft al een keukenstoel gepakt. Vigo gaat erop

staan en grijpt de touwladder. Behendig klautert hij omhoog, duwt het rooster open en kruipt naar buiten. Dan juicht hij zonder geluid.

'Op naar deel twee van ons plan,' zegt Lars.

Om de hoek van de straat is een bushalte. Ze komen er elke nacht met het bijtbusje langs.

'Hier.' Lars vist zijn portemonnee uit zijn broekzak. 'Koop jij maar een strippenkaart. Met mijn grote vampiertanden kan ik beter mijn mond houden.' Hij trekt de das die hij om zijn hals heeft geknoopt, tot aan zijn oren omhoog. Nu lijkt hij op een gewone jongen die bang is om verkouden te worden.

Na een paar minuutjes wachten, stappen ze in een bus die naar de wijk Westeinde gaat.

Terwijl Lars met Nina een plaats achterin zoekt, koopt Vigo een strippenkaart. De buschauffeur lijkt niet op Vladje. Zijn blik is niet vals maar vol medelijden. Zodra Vigo wegloopt, begint hij met de vrouw schuin achter hem te fluisteren. 'Sommige ouders zijn niet goed bij hun hoofd.'

'Nou,' zegt de vrouw, net iets te hard. 'Zo'n kind gun je toch een beugel?'

Grinnikend ploft Vigo naast Lars op de bank.

Een kwartiertje later komen ze in Westeinde. De motor van de bus heeft Nina in slaap gewiegd. 'We zijn er,' zegt Lars zachtjes om haar niet wakker te maken.

Ze stappen uit en lopen naar een groot gebouw met een glazen draaideur. Mensen gaan in en uit. Ze hebben bosjes bloemen bij zich, of tijdschriften. Een enkeling wordt in een stoel op wieltjes vooruit geduwd.

Vigo moet zijn hoofd ver achterover buigen om de letters op de gevel te kunnen lezen. *Medisch Centrum Westeinde.*

Daar liggen de gewone zieke mensen. Alleen vampiers liggen ondergronds.

'Hierlangs.' Lars trekt hem mee naar de zijkant van het gebouw.

Vigo herinnert zich de inktzwarte deur nog, verborgen achter dichte struiken. Geen mens zal op het idee komen dat hier een geheime ingang is. Toch is er voor de zekerheid een videocamera opgehangen. Pas als Lars zijn tanden heeft laten zien, worden ze binnengelaten.

Ze lopen een trap af en komen in een helverlichte ruimte met bordjes aan de muur en talloze pijlen.

'Knoflookvergiftiging en botbreuken linksaf,' leest Vigo hardop. 'Tand- en kaakchirurgie rechtdoor.'

Ze zijn niet de enige vampiers die op ziekenbezoek gaan. Er schuifelt een man voorbij met een rat in een kooitje. Een vampieromaatje draagt een fruitschaal met bloedsinaasappelen. Ze wordt bijna ondersteboven gelopen door een huppelend meisje.

'Pardon,' zegt de vader van het meisje tegen het omaatje. Het meisje laat een bloedhondje van pluche zien. 'Lief, hè? Voor mijn pasgeboren broertje.'

Vigo wilde dat hij ook iets had meegenomen. In zijn broekzak zit alleen een knikker, die op een oog lijkt. Maar of juf Vleerkens daar zo blij mee is...

'Yes!' zegt Lars. 'Bloedarmoede, rechtsaf.'

Nu gaat het gebeuren. Vigo zet zich schrap. Hij heeft zich voorgenomen niet meer aan bloed te denken. Sssst! Alleen nog aan tomatensap. Tomatensap-armoede. Een infuus met tomatensap. Liters en liters heerlijk tomatensap.

Ze komen in een ziekenzaal met rijen en rijen grafkisten. Uit het plafond kronkelen buisjes, waar rode vloeistof doorheen druppelt. Tomatensap, zegt Vigo tegen zichzelf.

De druppels worden opgevangen in grote plastic zakken,
die boven de grafkisten hangen. Aan elke zak zit een slangetje met een naald eraan. Elke zieke vampier heeft een
eigen infuus.

'Daar is juf Vleerkens,' zegt Lars.

Vigo wil al vooruit rennen, maar Lars grijpt hem ineens
bij zijn kraag.

'Shit, we zijn te laat,' zegt hij wanhopig. 'Ze heeft al
bezoek.'

Nu ziet Vigo het ook. De juf zit rechtop in haar kist. Ze
lijkt helemaal niet ziek. Haar wangen zijn net zo rood als
het spul dat door het slangetje naar haar arm loopt. Ze
praat en ze knikt en ze beweegt zo enthousiast dat ze bijna uit haar grafkist tuimelt. Op het krukje naast haar zit
iemand met enorme hoektanden. Iemand die nog harder
straalt dan een gloeilamp.

Vigo begint te klappertanden. Wat doet meester Bram in
Medisch Centrum Ondergronds? Wat moet hij met de juf?

Spiegeltje spiegeltje
aan de wand

'Wat nu?' vraagt Vigo.

'Duiken,' sist Lars.

Ze verstoppen zich achter een karretje met slangen, spuiten en aanverwante artikelen. Ze gluren tussen de poten
door en spitsen hun oren.

'Dus je haalt me morgen op?' vraagt juf Vleerkens aan
meester Bram.

Hij pakt haar hand vast. 'Ik zal een deken meenemen,
zodat je geen kou vat. Een zijspan is eigenlijk niets voor
zieke mensen.'

Juf Vleerkens knijpt in zijn vingers. 'Ik ben niet ziek meer,
schatje. Anders laten ze me niet naar huis gaan.'

Schatje? SCHATJE? Vigo heeft het gevoel dat zijn oren in
de fik staan.

Lars maakt een steekgebaar naar zijn hart. Vigo knikt. De
juf verkeert in levensgevaar. Liefde maakt blind, maar
Vigo ziet het juist haarscherp voor zich. Meester Bram
brengt de juf naar huis. Hij zegt dat ze moet gaan rusten.
Zodra ze in haar kist ligt te slapen, hoeft hij alleen nog het
deksel op te tillen. Een houten stok en... tjakka.

'Wat zie je groen,' fluistert Lars.

'We moeten juf redden.' Vigo stikt bijna.

'Rustig nou.' Lars knijpt zijn ogen tot spleetjes. 'Wat pakt
ze daar?'

De juf trekt een bekende envelop uit haar nachtkistje.
'Onze kaarten,' zegt Vigo bedrukt. Juf heeft de zijne vast
niet gelezen. Daarom zitten ze nog ingepakt.
'Neem deze maar vast mee naar huis,' zegt juf Vleerkens
tegen meester Bram. 'Vooral die ene wil ik voor altijd
bewaren.'
'Ik zal er een mooi lijstje voor figuurzagen. Dan hangen
we hem in de kamer.' Zelfs als de meester verliefd kijkt,
ziet hij er bloeddorstig uit. 'Per slot van rekening zouden
we elkaar nooit hebben ontmoet, als Vigo die kaart niet
had geschreven.'
Vigo's mond valt open. Waar hebben die tortelduiven het
over?
'Zo is dat,' zegt de juf. 'Alleen verwachtte ik een strenge,
gemene meester.' Ze giechelt als een meisje. 'Maar je bent
juist erg lief.'

Ze kijken elkaar diep in de ogen. Vigo krijgt er kippenvel van. En toch heeft hij het bloedheet. Razendsnel probeert hij alle puzzelstukjes in elkaar te passen. De juf heeft hem niet teruggeschreven, maar blijkbaar wel de meester laten komen. Ze wilde zeker zelf zien of Vigo gelijk had. En toen was het liefde op het eerste gezicht.

Het komt allemaal door mij! denkt Vigo. MIJN kaart! MIJN schuld!

Meester Bram stopt de envelop in een plastic zak. Hij praat nog een poosje met juf Vleerkens en wil dan afscheid nemen.

'Ik breng je naar de uitgang,' zegt de juf. 'Een wandelingetje zal me goeddoen.' Ze trekt de naald van het infuus uit haar arm en klimt stijfjes uit haar kist. Meester Bram helpt haar met haar ochtendjas en pantoffels.

'Wacht je even? Ik moet naar het toilet.' De juf loopt naar een deur tegenover haar kist. Daar zijn de douches en wc's voor de patiënten.

'Gaan we nog met de juf praten?' vraagt Vigo, zodra ze binnen is.

Lars geeft geen antwoord. Hij gaat langzaam rechtop staan en wrijft over zijn voorhoofd. 'Waar is de meester gebleven?'

Nu komt Vigo ook overeind. Hij zet een paar stappen naar voren zodat hij achter de kist van de juf kan kijken. Meester Bram zit op zijn knieën op de grond. Eerst denkt Vigo nog dat hij iets kwijt is. Maar dan ziet hij een flits. De meester heeft iets vast wat licht weerkaatst.

'Een spiegeltje,' fluistert Lars. 'Als de juf dat eens kon zien.'

Meester Bram kijkt in het spiegeltje. Hij probeert met spuug een ondeugende haarpiek te temmen.

'Wat een ijdeltuit,' zegt Vigo.

'Hij wil er knap uitzien voor juf Vleerkens.'

'Maar, maar.' Vigo wordt zo opgewonden dat hij bijna alle spuiten van het karretje stoot. 'Dan doet hij niet alsof. Hij is écht verliefd op de juf.'

Even voelt hij zich een superspeurder.

'Bukken!' zegt Lars.

Net op tijd hurken ze weer achter het karretje. De deur van de wc gaat open. Meester Bram staat op en laat het spiegeltje bliksemsnel in de zak van zijn cape glijden. Hij pakt zijn helm en geeft juf Vleerkens een arm. Zo wandelen ze samen naar de uitgang.

'Ze lopen op wolkjes,' zegt Vigo met een zucht. 'Zolang meester Bram verliefd op haar is, is de juf in elk geval veilig.' Hij komt omhoog en stoot tegen het karretje aan. Een ijzeren beddenpan klettert op de vloer. Beng!

Nina schrikt wakker. Ze laat de speen uit haar mond vallen en zet het op een krijsen.

Meteen staart de hele ziekenzaal hen aan.

'Sjjjj,' sust Lars.

Vigo probeert de speen terug in de mond van Nina te stoppen. Niets helpt. Een verpleegster komt met wapperende schortpanden aangevlogen.

'Dit kan niet!' schreeuwt ze. 'Het is hier een ziekenhuis. Lawaai is slecht voor onze patiënten. Ze hebben rust nodig, rust!'

Waarom schreeuwt u dan zo? wil Vigo vragen. Maar Lars loopt al weg, en Vigo moet hem op een holletje achterna. Hij kijkt voortdurend rond of hij de juf nog ziet. Helaas, ze lijkt in het niets verdwenen.

'Whèèèèèè!' doet Nina.

'Slaap, Nina, slaap,' zingt Lars paniekerig.

En Vigo? Die stopt zijn vingers in zijn oren om beter te kunnen nadenken. Als je verliefd bent, heb je alles voor de ander over. Misschien kan de juf ervoor zorgen dat meester Bram alle vampiers met rust laat!

Het telefoonnummer

Twee nachten later stappen Lars en Vigo uit het bijtbusje en lopen het schoolplein op. Het hele weekend hebben ze zitten piekeren en peinzen. Net zolang tot ze een plan hebben bedacht. Een waterdicht plan, dat ze vannacht gaan uitvoeren.

Eerst wachten ze tot Floris met een zachte plof op het schoolplein landt.

'Ik ga hem inseinen,' zegt Lars. 'Vraag jij ondertussen of Lin en Gerda willen helpen?'

Vigo knikt. Hij roept de meiden en rent voor hen uit naar de schooltuin, waar Pijlstaartje kwispelend wacht.

'Het is zo ver,' zegt Vigo, terwijl hij het hek achter zich sluit. 'Vandaag gaan we meester Bram ontmaskeren. Luister...'

Vigo kan zijn hoofd niet bij de les houden, al vertelt de meester nog zo spannend. Telkens glijden zijn ogen naar de wijzers van de klok. Stomme slakken, schiet nou op! Hij heeft met Lars afgesproken, precies om halftwaalf.

Hè, hè. Eindelijk schuift de grote wijzer naar de zes. Vigo steekt zijn vinger op. 'Mag ik naar de wc?'

Als de meester knikt, loopt Vigo rustig de klas uit. Maar vanbinnen is hij helemaal niet rustig. Met pijn in zijn buik sluipt hij door de gang, voorbij de toiletten, naar het schoolkantoortje.

Lars staat al bij de deur te wachten. 'Je hebt drie minuten.'
Vigo haalt diep adem en maakt zich zo klein mogelijk,
met zijn rug tegen de muur. Het liefst zou hij erin weg
willen kruipen.
Lars klopt en gaat naar binnen. De deur zet hij wagenwijd

open, zodat Vigo zich erachter kan verstoppen.

'Ja?' De stem van de secretaresse.

'De meester vroeg of ik een proefwerk voor hem wilde kopiëren, maar het apparaat is vastgelopen,' zegt Lars. 'Zou u alstublieft even willen helpen?'

Tik, tik, tik. De hakjes van de secretaresse. Bof, bof. De klosschoenen van Lars. Vigo wacht ingespannen tot hij geen voetstappen meer hoort. Dan komt hij achter de deur vandaan en glipt het kantoortje in.

Zoeken. Maar waar?

Ladekisten. Op slot. Stapels papieren. Cijfertjes die voor Vigo's ogen lijken weg te lopen.

Niksniksniks.

De zweetdruppeltjes prikken op zijn voorhoofd. Hij moet opschieten, voordat de secretaresse terugkomt. En hij moet het vinden, anders loopt het plan gevaar!

Daar!

Op het bureau staat een adresmolentje. Dat hij dat niet eerder heeft gezien. Met trillende handen laat Vigo de kartonnen kaartjes rondgaan. De letter *U*, de letter *V*. Hebbes! *Mevrouw J. Vleerkens*, met daarachter haar adres en telefoonnummer. Vigo trekt zijn opschrijfboekje uit zijn broekzak en krabbelt de getallen over. Dan maakt hij dat hij wegkomt.

In de grote pauze haalt Floris zijn mobieltje tevoorschijn. 'Onze hele familie heeft er een,' zegt hij trots. 'Komt door mijn broer. Hij koopt voor een prikkie kapotte telefoons op en repareert ze.'

'Jij hebt het nummer?' vraagt Lars ongeduldig.

Vigo pakt zijn opschrijfboekje en leest voor, terwijl Lars de getallen intoetst.

'Hij gaat over.' Dan gebaart Lars dat ze stil moeten zijn. 'Hallo,' zegt hij met een zware stem.

Lin bijt op haar vingers om niet van de zenuwen te giechelen.

'U moet dringend naar school komen. Er is iets met Bram Tandenstoker.'

Stilte.

'Dat kan ik niet door de telefoon uitleggen.'

Ze moet komen! Vigo probeert de juf door de hoorn heen te hypnotiseren.

'Over een halfuurtje. Prima.' Lars kucht. 'Het spijt me, dat moet geheim blijven.' Dan drukt hij op het uit-toetsje. 'Klaar.'

'Komt ze?' vraagt Vigo. Hij kan niet meer stil blijven staan.

'Ik hoop het.' Lars geeft het mobieltje terug aan Floris. 'Als ze me maar gelooft. Ze wilde weten wie ik was, maar dat kon ik natuurlijk niet zeggen.'

'Ze komt vast,' zegt Lin. 'Je klonk als een volwassen vampier.' Bewonderend kijkt ze naar Lars.

Vigo geeft haar een stomp. 'Doe normaal,' fluistert hij. 'Eén verliefd stelletje is al klef genoeg.'

(G)een bloeddorstige meester

De klas loopt door de gang naar de gymzaal.
'Bent u soms familie van graaf Dracula?' vraagt Gerda aan
meester Bram. Ze wijst naar het schilderij aan de muur.
'Nee.' De meester kijkt alsof hij net een prijs heeft gewonnen. 'Maar we lijken wel tweelingbroers, hè?'
Kunst, denkt Vigo. Hij weet zeker dat de meester er onder
zijn vermomming heel anders uitziet. Hij moet het alleen
nog bewijzen. Slik. Meteen zitten zijn darmen in de
knoop...

Terwijl de leerlingen zich omkleden, zet meester Bram de
spullen klaar. Bij hem hebben ze nooit vogelkooien, zoals
bij juf Vleerkens. Vigo weet nu waarom. Meester Bram is
natuurlijk doodsbang dat ze merken dat hij een slapjanus
is. Daarom gebruikt hij zo weinig mogelijk zware toestellen.
Ook nu heeft hij het zich weer gemakkelijk gemaakt door
alleen de lange mat uit te rollen.
'Koprol vooront, achterover en een radslag.' Meester
Bram blaast op een fluitje.
Bert Bloeikens is de eerste van de rij en hurkt voor de mat.
Vigo, Lin en Gerda zijn expres achteraan gaan staan. Ze
kijken telkens naar de deur. Als de juf nou maar komt!
De rij voor hen wordt steeds kleiner. De rij achter hen

weer langer. Alleen Floortje nog, en dan is Gerda aan de beurt.

'Juf!'

Alle ogen gaan naar het tweetal in de deuropening. Lars heeft zoals afgesproken met een smoes op de uitkijk gestaan en juf Vleerkens naar de gymzaal gebracht.

'Is alles goed?' vraagt de juf ongerust. 'Ik kreeg zo'n raar telefoontje.'

'Wat voor tele...' vraagt de meester.

'Actie!' zegt Lars.

Alles gaat supersnel.

Vigo loopt met knikkende knieën naar meester Bram en geeft hem een duwtje zodat hij op de mat tuimelt.

'Wat doe je nou?' vraagt meester Bram verbouwereerd.

Ook de kinderen staren Vigo verbijsterd aan.

'Vampiers zijn sterk,' zegt Vigo tegen de meester. 'Veel sterker dan u.'

'Hè? Wat?' zegt de meester.

Lin pakt zijn oren vast en trekt zijn hoofd achterover. 'Zeg eens AA.'

De mond van de meester valt open. Het is een koud kunstje om zijn neptanden los te trekken. Een kreet van afgrijzen gaat door de gymzaal.

'Vangen!' roept Vigo naar Lars.

Floortje begint van schrik te huilen en sommige kinderen houden elkaars handen vast.

'Volgens mij lust u liever boterhammen met kruidenboter dan bloed,' zegt Lin.

Tomatensap, denkt Vigo snel.

'Dat was, dat is...' De meester kijkt paniekerig naar de juf. 'Ik ben...'

Juf Vleerkens heeft haar ogen wagenwijd opengesperd.

74

Als een slaapwandelaarster loopt ze de gymzaal in. Achter haar verschijnt Floris, met een zweefcape over zijn arm. 'Jullie hadden gelijk,' zegt hij. 'Mijn cape is de enige op de hele wereld met precies zo'n computertje erin. Ik heb hem net uit jullie klas gehaald.'
Vigo geeft de meester een por. 'Een vampier hoeft geen

zweefcape te stelen om te kunnen vliegen. Die kan zich ook in een vleermuis veranderen.'
Meester Bram is net een opblaasboot die leegloopt. Hij wordt kleiner en kleiner en wrijft met zijn handen door zijn haar. Het begint ervan te schuiven. Blonde krullen springen tevoorschijn. De meester ziet eruit als een gewoon mens.

'Dus daarom kunt u niet vliegen,' zegt Bert Bloeikens boos.

'U bent helemaal geen vampier!' zegt Lin keihard.

Gerda knikt. 'U wilt ons allemaal uitroeien.'

'Waar hebben jullie het over?' vraagt Floortje snikkend.

Vigo trekt de meester omhoog. 'Ze bedoelt dat onze meester bij de vampierverdelgingsdienst werkt!'

Even is het ijzig stil. De gymzaal lijkt wel een diepvrieskist. Vigo ziet doodsangst in alle ogen.

Dan begint iedereen door elkaar te schreeuwen.

De meester slaat zijn armen voor zijn gezicht. 'Doe me niks, alsjeblieft. Ik kan het allemaal uitleggen.'

'We moeten hem vermoorden!' roept Bert.

'Dat kan toch niet?' zegt Floortje bang. Nu beginnen er nog meer kinderen te huilen.

'Niet doen, niet doen!' roept de meester steeds.

Vigo trilt over zijn hele lijf. Dit is veel moeilijker dan hij dacht. 'Stil!' roept hij. 'Zo kan ik niet nadenken.'

'Maar ik wel.' Achter hem klinkt de warme stem van de juf. 'En ik geloof er niets van.'

'We hebben anders bewijzen genoeg,' zegt Lars kwaad.

'Hij is een liegbeest en een bedrieger,' zegt de juf. 'Maar hij vermoordt zeker geen vampiers.' Ze duwt Vigo opzij en kust meester Bram op zijn wang. 'Daar is hij veel te lief voor.'

Meester Bram smelt.

Nee! denkt Vigo. Dit gaat de verkeerde kant op!

De bloedbruiloft

Juf Vleerkens neemt de touwtjes in handen. Eerst moet iedereen gaan zitten. Ook meester Bram. Zonder zijn tanden en met zijn eigen haren ziet hij er een stuk vriendelijker uit. De witte schmink is hier en daar van zijn wangen, zodat zijn hoofd op een geverfd paasei lijkt.

'Je bent geen vampier, dat is duidelijk,' zegt de juf streng. 'Maar wie ben je dan wel?'

De meester buigt zijn hoofd. 'Bram Tandenstoker. Mens en schrijver.'

'Wat doe je op onze school?' vraagt de juf.

'I-ik schrijf een boek over vampiers. Waar kan ik beter onderzoek doen dan hier?'

'Waarom juist over vampiers?' vraagt de juf. 'Waarom niet over gewone mensen?'

Vigo begint er plezier in te krijgen. Juf Vleerkens doet net of de meester een schooljongetje is.

'Gewone mensen zijn saai,' zegt meester Bram.

Die is gek, denkt Vigo.

'Ik ben altijd al geïnteresseerd geweest in horrorverhalen.' De meester begint te stralen. 'Maar over vampiers lees ik het liefst. Het lijkt me geweldig om te kunnen vliegen en...'

Hij lijkt niet op een moordenaar, denkt Vigo.

'Heb jij die zweefcape gestolen?' vraagt de juf.

Meester Bram krimpt in elkaar. 'Ik moest wel,' zegt hij zachtjes. 'Het viel iedereen op dat ik nooit vloog. Ik moest een cape hebben om niet door de mand te vallen. Natuurlijk had ik er liever eentje gekocht. Maar waar? In een gewone kledingwinkel heb ik ze nooit in de rekken zien hangen.' Hij verbergt zijn hoofd in zijn handen. 'Ik was echt van plan om hem aan Floris terug te geven. Zodra ik hier klaar was.'

'Zodra je hier klaar was?' De stem van de juf klinkt stekelig als prikkeldraad.

Vigo krijgt kippenvel op zijn armen en benen.

'En wat waren de plannen dan verder?'

Nu huilt de meester bijna. Hij gaat op zijn knieën voor de juf zitten en kijkt als een zielig hondje. Vigo kan zich niet voorstellen dat hij meester Bram ooit stoer heeft gevonden.

'Ik wil niet terug naar huis. Ik wil bij jou blijven. Maar hoe kan ik met je trouwen als ik een mens ben en jij een vampier? Nooit kan ik overdag met je wandelen, of naar de dierentuin. En ik wil elke dag boterhammen eten, of aardappelen. Ik zou wel willen dat ik bloed lustte, maar bloedworst vind ik al vies. Ik kan er ook niks aan doen...'

Tomatensap, tomatenworst, denkt Vigo. Hij krijgt medelijden en probeert alles te onthouden. Een ongelukkige liefde, dat is mooi voor in een zielig boek.

De juf loopt naar de meester en legt haar hand op zijn hoofd. 'Wie gelooft er nu nog dat deze man bij de vampierverdelgingsdienst werkt?'

Niemand steekt zijn vinger op.

'Maar het is wel gevaarlijk dat hij alles van ons weet,' zegt Lars. 'Hij zou zich onbedoeld kunnen verspreken. In de mensenwereld lopen genoeg gekken rond die wel van ons af willen.'

Vigo's hersens werken op volle toeren. Schrijvers onder elkaar. Hij moet helpen. 'Ik weet iets!'

Iedereen kijkt hem vol verwachting aan.

'Ik wist al dat de meester verliefd is op de juf,' zegt Vigo. 'En dat hij haar daarom niet zou vermoorden. Ik hoopte dat de juf ervoor kon zorgen dat meester Bram alle vampiers met rust zou laten. Maar als dat niet zou lukken, hadden we een ander plan...' Hij haalt diep adem. Als de meester nou maar 'ja' zegt. 'We wilden de meester ontmaskeren met een volwassene erbij. In geval van nood, kon die de meester in zijn nek bijten...'

Lin kan van opwinding niet meer blijven zitten. 'Dan wordt de meester ook een vampier!'

Vigo knikt. 'Dan kan hij de vampierverdelgingsdienst niet meer inseinen.'

'Tuurlijk niet,' zegt Lin. 'Anders loopt hij zelf ook gevaar.'

Juf Vleerkens en meester Bram zitten stomverbaasd naar Vigo en Lin te kijken. Ze houden elkaars hand vast en aaien met hun vingers.

'Dat kan ik niet vragen,' zegt de juf ineens verlegen.

'Ik doe het,' zegt meester Bram.

'Staan!' roept Vigo.

Juf Vleerkens gaat staan. Meester Bram blijft op zijn knieën zitten. 'Lieveling, wil je met me trouwen?'

'Ja,' zegt de juf. 'Ik wil.'

Lin giechelt achter haar hand. 'Zoveel bruidsjonkers en bruidsmeisjes heeft niemand ooit gehad. Een hele klas!'

De juf knielt bij de meester. Hij schuift de kraag van zijn overhemd opzij en laat zijn hals zien.

'Weet je het zeker?' vraagt de juf.

'Ja.' Meester Bram sluit zijn ogen. 'Ik wil.'

De juf buigt zich over hem heen. Haar tanden glimmen. Zelf glimt ze ook, als een prachtige bruid. Dan bijt ze in zijn hals en begint te zuigen.

De vloer van de gymzaal kantelt en Vigo valt flauw.